Birgit Jansen
Illustrationen: Katharina Pahlen

Kasimiro

Heft 2

Veris

Diese Titel könnten Sie auch interessieren:

Kieler Leseaufbau

Der **Kieler Leseaufbau** ist ein Leselehrgang, der in kleinen Schritten vom Leichten zum Schweren fortschreitet. Er ist in 14 Stufen von unterschiedlicher Dauer eingeteilt. Die Gesamtarbeitszeit beträgt etwa 60 Stunden. Das Werk fußt auf dem heilpädagogischen Grundsatz, Schwierigkeiten zu isolieren. Das Wortmaterial ist lautgetreu.

Sämtliche Bestandteile sind auch einzeln zu erwerben.

Gesamtausgabe D   Best.-Nr. 67-8

Luka

Luka versteht sich als ein unentbehrliches Rüstzeug für den Anfangsunterricht im Lesen, das der vieltausendfach bewährten Didaktik des Kieler Leseaufbaus folgt und auf dieser Grundlage einen Erfolg im Leselernprozess beinahe garantiert. Das Werk beinhaltet die erste durchgängig lautgetreue Fibel.

Sämtliche Bestandteile sind auch einzeln zu erwerben.

Gesamtausgabe A   Best.-Nr. 160-5

Lesen lernen nach dem Kieler Leseaufbau

Das Gesamtwerk **Lesen lernen nach dem Kieler Leseaufbau** besteht aus zehn Übungsheften für die Hand des Schülers. Es ist direkt aus der praktischen Arbeit mit Leseanfängern und dem Kieler Leseaufbau entstanden und wurde vor seiner Veröffentlichung lange im Unterricht erprobt und eingesetzt.

Sämtliche Hefte sind auch einzeln zu erwerben.   Best.-Nr. 62-3

Das Komplettangebot des Veris Verlages finden Sie im Internet unter www.veris-direct.de

---

Kasimiro. Heft 2

Bibliografische Information der Deutschen Nationalbibliothek
Die Deutsche Nationalbibliothek verzeichnet diese Publikation in der Deutschen Nationalbibliografie; detaillierte bibliografische Daten sind im Internet über http://dnb.d-nb.de abrufbar.

© Veris GfB mbH UB Veris Verlag 2010 · 2. Auflage 2018
Nach den seit 2006 amtlich gültigen Regelungen der Rechtschreibung
Satz und Layout: Veris Verlag
Druck: WIRmachenDRUCK GmbH
www.veris-verlag.de
Gedruckt auf chlorfrei gebleichtem Papier

Alle Rechte vorbehalten.
Das Werk und seine Teile sind urheberrechtlich geschützt. Die Vervielfältigung und Übertragung auch einzelner Textabschnitte, Bilder oder Zeichnungen ist - mit Ausnahme der Vervielfältigungen zum persönlichen und eigenen Gebrauch gem. §§ 53, 54 UrhG - ohne die schriftliche Genehmigung des Verlages nicht zulässig. Das gilt sowohl für die Vervielfältigung durch Fotokopie oder irgendein anderes Verfahren als auch für die Übertragung auf analoge oder digitale Medien.
Printed in Germany

ISBN 978-3-89493-**132**-2

Inhalt

Kapitel	Seite
Karoline	5
Kasimiro mag alle	9
Das Mauseloch	13
Töne	21
Die Suche nach der Maus	27
Kasimiro und die Mäuse	33
Freche Mäuse	37
Der Ärger	41
Toni und Tina	47
Der Geburtstag	53
In der Nacht	59

Karoline

Kasimiro sucht auf dem Schulhof
nach einem Freund.
Da toben die Schüler umher.
Es ist kein Freund
für Kasimiro zu sehen.

Kasimiro sucht einen Freund
am Hafen.
Doch da laufen nur
Mäuse hin und her.
Kasimiro sucht im Kaufhaus.
Ach Kasimiro!
Einen Freund
kann man nicht kaufen.

Traurig macht sich Kasimiro
auf den Weg nach Hause.
Es wäre so schön,
einen Freund zu haben.
Kasimiro läuft am Weiher vorbei.
Da ist ein leises Mauzen
zu hören.

Kasimiro lauscht.
Das ist keine Maus.
Das ist auch keine Meise.
Ist das ein Kater?
Kasimiro saust
um einen Busch herum.

Und da ...

da ist eine kleine Katze

zu sehen.

Sie heißt Karoline.

Karoline und Kasimiro mögen sich.

Darum begleitet Kasimiro

Karoline nach Hause.

Nun hat Kasimiro

eine Freundin.

Kasimiro mag alle

Wen mag Kasimiro leiden?

Mal überlegen.

Kasimiro mag Mama.

Mama gibt ihm das Futter.

Kasimiro mag Papa.

Papa redet so nett mit ihm.

Kasimiro mag Tina.

Bei Tina darf er im Bett liegen.

Kasimiro mag

auch Heiner ganz gern.

Wen noch?

Ach ja,

Kasimiro mag auch Oma gern.

Oma hat oft

einen Fisch für Kasimiro.

Wen mag Kasimiro außerdem?

Kasimiro mag die

Maus Kosimo.

Als Mäusejäger

hat man keine

Langeweile.

Kasimiro mag Toni.
Mit Toni kann man fein
durch das Haus
toben.

Kasimiro mag auch die Vögel.
Es macht gute Laune,
Vögel zu jagen.

Kasimiro mag alle Lebewesen.
So ist es nun mal!

Das Mauseloch

Kasimiro saust

aus dem Haus hinaus.

O, da gibt es einiges zu sehen!

Neben dem Haus

sind rosa Rosen zu sehen.

Da sind auch rote

und weiße Rosen.

Die sind schön!

Vor dem Zaun sind

rote Tomaten zu sehen.

Kasimiro mag keine Tomaten.

Darum saust er weiter.

Auf dem Weg

ist ein Ameisenhaufen zu sehen.

Kasimiro faucht die Ameisen an.

Doch sie geben

keinen Laut von sich.

Auf dem Rasen
ist die hohe Buche zu sehen.
Kasimiro legt sich unter die Buche.
Schön ist es hier.
Unter
der Buche
ist Laub
zu sehen.

Ach,
wie schön das Laub raschelt!

Auf dem Dach

ist ein lila Eimer zu sehen.

Das ist komisch!

Ob Toni

den lila Eimer auf das Dach warf?

Auf der Mauer

ist eine Meise zu sehen.

Kasimiro beobachtet sie

eine Weile.

Vor dem Haus
ist ein rotes Auto zu sehen.

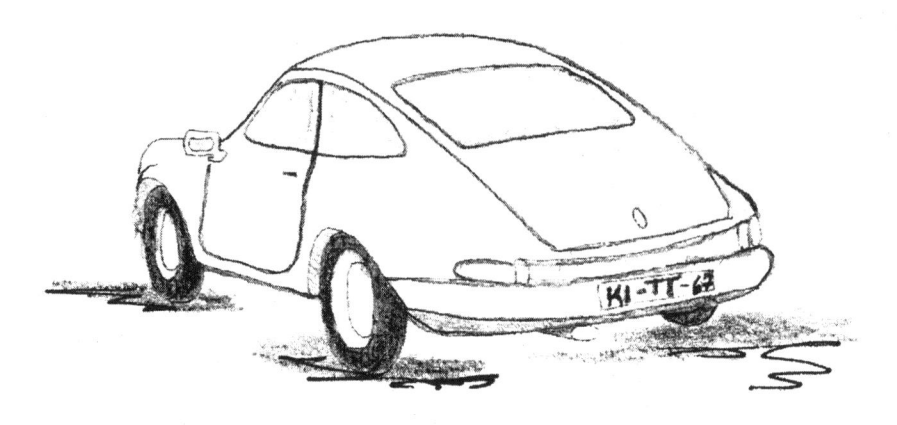

Das rote Auto
gehört Papa und Mama.
Das ist ein schönes Auto.

Hinter dem Haus sind Mimosen
zu sehen.
Die hat Mama gesät.

Und da!

Was war das?

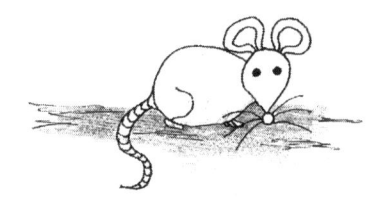

War das die Maus Kosimo?

Ja, das war die Maus.

Aber die Maus Kosimo

ist rasch

ins Mauseloch gesaust.

Das ist schade!

Töne

Heute ist ein schöner Tag.

Kasimiro läuft in den Garten.

Was ist da zu hören?

Das sind Toni und Tina.

Sie singen: „La, la, la."

Heiner macht einen Besuch

bei Tina und Toni.

Die drei Kinder lachen:

„Ha, ha, ha."

Die Kinder toben im Garten.

O, Heiner!

Was ist los?

Heiner weint:

„Hu, hu, hu."

Da ist ein Auto.

Die Hupe macht: „Tut, tut."

Papa ist in dem Auto.

Die Kinder laufen zum Auto.

Papa macht noch einmal

mit der Hupe: „Tut, tut."

Papa ruft: „Guten Tag, Kinder!"

Was ist das?

Man hört: „Tatü, tata."

Das ist ein rotes Auto.

Es saust vorbei.

Das ist die Feuerwehr.

Kasimiro läuft zur Buche.

Die Meise ist zu sehen.

Sie macht: „Piep, piep."

Da ist noch ein Piep zu hören,

neben dem Busch.

Ist das eine Maus?

Ja.

Eine Maus macht: „Piep, piep."

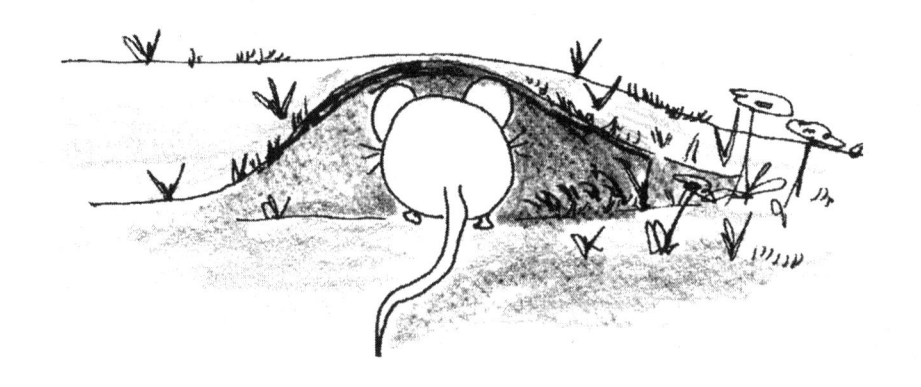

Aber schon ist sie wieder

in ihrem Loch!

Die Suche nach der Maus

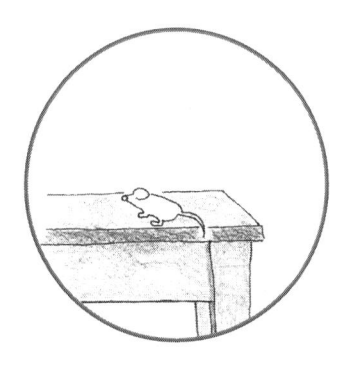

Kasimiro läuft im Garten
hin und her.
Hat er ein Piep gehört?
Das war eine Maus!

Wo mag die Maus sein?
Ob sie bei den Rosen ist?
Nein.

Ob sie neben dem Haus ist?
Nein.

Ob sie unter den Mimosen ist?
Nein.

Ob sie hinter dem Zaun ist?

Nein.

Wo mag die Maus sein?

Kasimiro saust hin und her.

Er sucht die Maus.

Da!

Unter dem Busch

ist ein Loch zu sehen.

Ein Mauseloch!

Gut!

Kasimiro legt sich auf die Lauer.

In dem Loch leben

die Mäuse Fip, Wip und Mip.

In dem Loch lebt auch

die Maus Kosimo.

Die Mäuse haben den Kater gehört.

Sie sind ganz leise.

Pass auf, Kasimiro!

In dem Loch bewegt sich was.

Die Nase von Mip ist zu sehen.

Nun kommt auch Wip.

Es kommt auch Fip.

Und die Maus Kosimo.

Die Mäuse haben Hunger.

Sie laufen zum Haus hinüber.

Ob in der Küche

Käse zu finden ist?

Kasimiro macht ganz laut:

„Mi-i-au-au!"

Die Mäuse sausen in ihr Loch.

Kasimiro und die Mäuse

Das ist die Maus Kosimo.

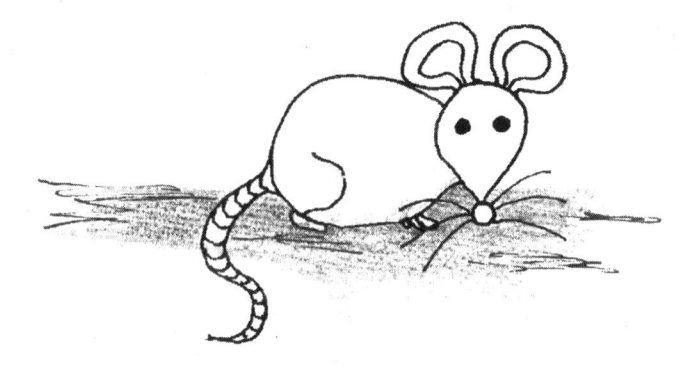

Kosimo rumort im Haus.

Kasimiro überlegt,

ob er die Maus

einfach nicht beachten soll.

Kosimos Freund Fip

ist auch im Haus.

Kasimiro überlegt,

ob er die Mäuse verjagen soll.

Die Maus Wip

läuft auch ins Haus.

Kasimiro überlegt,

wie er den Mäusen

Angst einjagen kann.

Die Maus Mip

saust auch noch ins Haus.

Kasimiro überlegt,

ob er die Mäuse fangen soll.

Ach!
Kasimiro saust zum Sofa.
Er legt sich
auf sein rosa Badelaken.
Kasimiro fallen die Augen zu.

Freche Mäuse

Seit einer Woche
haben es sich die Mäuse
Kosimo, Fip, Wip und Mip
in dem Mauseloch
gemütlich gemacht.

Sie naschen in der Küche
vom Käse und vom Speck.
Mama ist böse auf die Mäuse
und auf Kasimiro.

Papa sagt

zu Mama:

„Keine Sorge!

Kasimiro wird

die Mäuse fangen."

Kasimiro sagt sich:

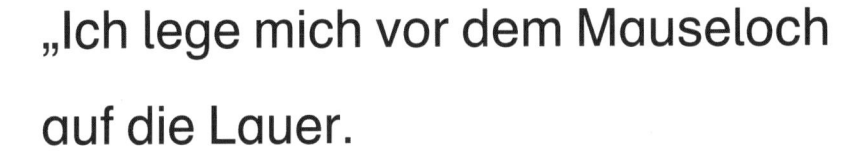

„Ich lege mich vor dem Mauseloch

auf die Lauer.

Ich warte bis die vier Mäuse

herauskommen.

Gut, so mache ich es."

Der Kater Kasimiro legt sich

vor dem Mauseloch

auf die Lauer.

Er wartet und wartet,

doch Kasimiro wird dabei so müde.

Dem Kater fallen die Augen zu.

An Kasimiro vorbei

sausen die Mäuse in die Küche.

Sie naschen

vom Käse und vom Speck.

Piep!

Piep!

Der Ärger

Kasimiro räkelt sich

auf seinem Badelaken.

Heute ist ein schöner Tag!

Kasimiro macht einen Plan:

Heute will er den Pudel

Fridolin anfauchen.

Das wird großen Spaß machen.

Tina macht die Haustür auf.

Kasimiro saust hinaus.

Es ist kein Auto zu sehen.

Rasch läuft er über die Straße.

Schon hat Kasimiro

das Haus erreicht,

in dem Fridolin lebt.

Fridolin ist hinter dem Zaun

zu sehen.

Kasimiro mauzt: „Miau!"
Der Pudel hat
das Mauzen gehört.
Er saust hinter dem Zaun
hin und her.
Er bellt, so laut er kann.

Vom Zaun herab
faucht Kasimiro den Pudel an.
Fridolins Pfoten
und Schnauze sind nahe.
Kasimiro mag den Pudel nicht.
Aber es macht großen Spaß,
ihn anzufauchen.

Gleich wird Fridolins Frauchen
nach dem Krachmacher sehen.
Da ist das Frauchen schon
und ruft laut:
„Fridolin!
Komm sofort her!
Mach nicht
so großen Krach!
Du störst die Leute
mit deinem Bellen."
Noch einmal bellt der Pudel
Kasimiro an.
Nun schleicht Fridolin
zu seinem Frauchen ins Haus.

Juchu!

Kasimiro ist Sieger!

Mit erhobenem Schwanz schreitet er über die Straße nach Hause.

Das ist ein schöner Tag!

Toni und Tina

Mama sagt zu Tina und Toni:
„Um neun Uhr
legt ihr euch schlafen.
Papa und Mama
gehen ins Kino."
Die beiden Kinder machen es sich
auf dem Sofa gemütlich.

Sie machen den Fernseher an.

O, es gibt einen Krimi.

In dem Film

versucht ein Dieb,

die Tür eines Hauses

aufzubrechen.

Das ist gruselig!

Tina ist auf dem Sofa

ganz nahe bei Toni.

Sie macht die Augen zu.

Sie möchte nichts sehen.

Doch Tina hört in der Küche

ein Geräusch.

Tina sagt leise zu Toni:

„In der Küche ist ein Dieb."

Da!

Wieder!

Man hört es deutlich:

Glas klirrt.

Die Kinder sehen sich an.

Was sollen sie machen?

Tina schlägt vor:

„Wir rufen die Polizei an."

Toni meint:

„Wenn wir ganz leise sind,

wird uns der Einbrecher

nicht finden."

Ob er noch da ist?

Ja!

Nun ist der Einbrecher

hinter der Tür.

Man hört es genau.

Dann hören

die Kinder

ein lautes

Miau!

Toni läuft zur Tür

und lässt Kasimiro herein.

Es war gar kein Einbrecher.

Kasimiro hat ein Glas
vom Tisch gestoßen.
Kasimiro legt sich auf das Sofa.

Die Kinder machen
den Fernseher aus.
Sie gehen ins Bett.
Wenige Minuten später
sind Papa und Mama zu hören.
Das ist gut.

Der Geburtstag

In einigen Tagen
wird Kasimiro ein Jahr alt.
Toni und Tina überlegen,
worüber sich Kasimiro
freuen würde.
Tina sagt:
„Wir kaufen eine weiße Maus."
Die Kinder sehen nach,
ob sie genug Geld haben.

Sie sausen mit dem Rad
zu dem Laden,
in dem man Mäuse kaufen kann.

Toni und Tina suchen
eine weiße Maus
mit einer braunen Pfote aus.

Sie legen dafür zwei Euro
auf den Tisch.
In einem Kasten
mit kleinen Löchern
tragen sie
die weiße Maus
nach Hause.

Die Kinder fragen sich:
„Was wird Kasimiro
mit der Maus machen?"
Tina meint:
„Er wird sie jagen."
Arme Maus!
Da laufen Tina und Toni
zu Papa.
Sie sagen:
„Bitte Papi,
bau einen Käfig für die Maus."
Papa baut
für die kleine, weiße Maus
einen schönen Käfig.

Die Maus ist in Sicherheit.

Toni sagt:

„Nun haben wir kein Geschenk

für Kasimiro."

Armer Kater!

Tina schlägt vor:

„Wir kaufen für Kasimiro

eine große Dose

mit Fisch

oder mit Fleisch."

Ja, das ist gut!

Die Kinder gehen in ein Kaufhaus.

Sie suchen

eine Dose Fleisch aus.

Kasimiros Freude

über das Fleisch ist groß.

In der Nacht

Kasimiro schleicht nach draußen.

Es ist schon dunkel.

Der Mond ist zu sehen,

rund und schön.

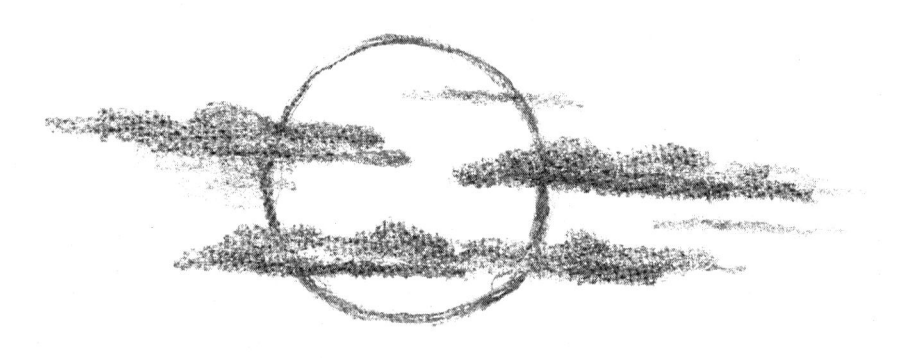

Kasimiro mauzt: „Miau!"

Und noch einmal: „Miau!"

Der Mond ist

ein komischer Kamerad.

Kasimiro staunt.

Der Mond sagt nichts.

Der Mond bewegt sich nicht.

Kasimiro begreift es nicht.

Kann der Mond ihn nicht hören?

Kasimiro gibt sich große Mühe.

In hohen Tönen schreit er:

„Miau! Mi-i-au! Mi-i-i-au!"

Und noch einmal:

„Mi-i-i-au-u!"

Da reißt Papa

die Haustür auf und ruft:

„Sei leise, Kasimiro!

Du störst die Leute!"

Papa sagt:

„Wir möchten schlafen

aber du machst Katzen-Musik.

Komm rein!"

Nun ist Kasimiro beleidigt.

Katzen-Musik sagt Papa!

Papa weiß doch genau:

Kasimiro ist ein **Kater!**

Kasimiro überlegt:

Ich laufe weg.

Das ist eine gute Strafe
für Papa,
weil er Katzen-Musik
gesagt hat.

Tina und Toni
werden traurig sein,
wenn ich weglaufe.

Papa ruft:
„Beeile dich, Kasimiro!
Ich bin müde.
Ich möchte schlafen."

Kasimiro überlegt:

Gut, ich laufe nicht weg.

Ich mache lieber

ein Schläfchen auf dem Sofa.

Aber vorher mauzt Kasimiro

noch einmal ganz laut:

„Mi-i-i-au!"

Kasimiro Heft 1

Als Oma eines Tages ihre beiden Enkel Tina und Toni besucht, kommt sie nicht allein. Sie hat Ihnen als Geschenk einen kleinen Kater mitgebracht. Fortan erleben Tina, Toni und der Kater, der den Namen Kasimiro erhält, viele kleine Abenteuer und entdecken dabei die Welt.

Aus der Sicht des kleinen Katers Kasimiro geschrieben, erscheinen Selbstverständlichkeiten als große Probleme und große Probleme als Banalitäten - ob es nun ums Essen geht oder um Freundschaft.

Birgit Jansen hat die Geschichten um den Kater Kasimiro für Leseanfänger und leseschwache Kinder geschrieben. Die Texte sind durchgängig lautgetreu, ergänzt durch kleine wichtige Wörter, und entsprechen den Lesestufen 1-8 des Kieler Leseaufbaus (ebenfalls erschienen im Veris Verlag, Kiel).

Katharina Pahlen hat dem Kater Kasimiro ein Gesicht gegeben und mit ihren liebevollen Illustrationen dafür gesorgt, dass das Lesen der Geschichten über den kleinen Kater zu einem unvergesslichen Erlebnis wird.

Heft 1 enthält 14 Geschichten mit aufsteigendem Schwierigkeitsgrad. Eine große, gut lesbare Schrift und die Verwendung nicht zu langer, einfach strukturierter Wörter ohne Konsonantenhäufung sorgen für den perfekten Einstieg in das Lesenlernen!

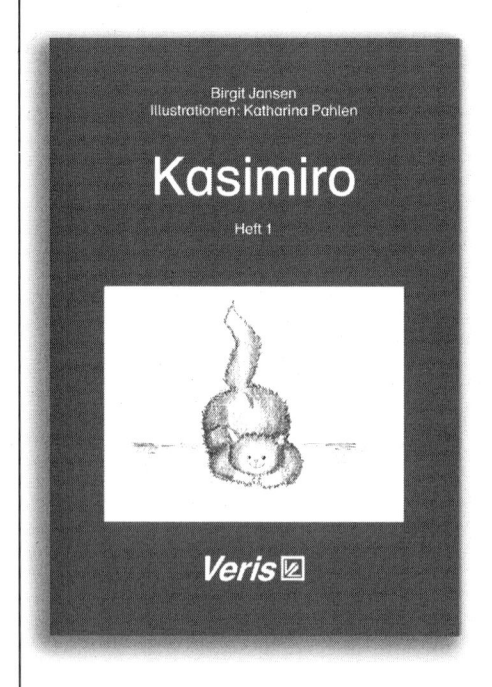

Best.-Nr. 131-5